Complete Keyboard Works

SERIES ONE:
Ordres I–XIII

François Couperin
Complete Keyboard Works

SERIES ONE:
Ordres I–XIII

*Edited by Johannes Brahms
and Friedrich Chrysander*

DOVER PUBLICATIONS, INC.
New York

Published in Canada by General Publishing Company, Ltd., 30 Lesmill Road, Don Mills, Toronto, Ontario.
Published in the United Kingdom by Constable and Company, Ltd.

This Dover edition, first published in 1988, is a republication of Vols. 1 and 2 and a portion of Vol. 3 of *Pièces de Clavecin*, edited by Johannes Brahms and Friedrich Chrysander, originally published by Augener Ltd., London, n.d. (Preface dated 1888). The glossary, translations of titles (in the table of contents) and translations of footnotes are new features of the Dover edition.

We are grateful to the Paul Klapper Library of Queens College for the loan of the score.

Manufactured in the United States of America
Dover Publications, Inc.
31 East 2nd Street
Mineola, N.Y. 11501

Library of Congress Cataloging-in-Publication Data

Couperin, François, 1668–1733.
  [Keyboard music]
  Complete keyboard works.

  Reprint: Pièces de clavecin | composées par François Couperin ; revues par J. Brahms & F. Chrysander. London : Augener, 1888 (1st work); L'art de toucher le clavecin / François Couperin ; Margery Halford, editor and translator. Sherman Oaks, Calif. : Alfred Pub. Co., 1974 (2nd work).
  Contents: ser. 1. [Pièces de clavecin]. Ordres I–XIII — ser. 2. [Pièces de clavecin]. Ordres XIV–XXVII ; From L'art de toucher le clavecin. Allemande. Premier prélude. Second prélude. Troisième prélude. Quatrième prélude. Cinquième prélude. Sixième prélude. Septième prélude. Huitième prélude.
  1. Keyboard instrument music.
M22.C85C6 1988   88-752173
ISBN 0-486-25795-9 (v. 1)
ISBN 0-486-25796-7 (v. 2)

CONTENTS

Much mystery still surrounds Couperin's titles, and many of the English translations below are speculative. In particular, it is frequently impossible to tell whether a feminine adjective or substantive refers to an actual female or instead to the piece itself, with the feminine noun "pièce" being unstated but understood (e.g., "La [pièce] majestueuse"). Even a male may be referred to by a feminine title if "pièce" is the presumed noun, with the man's name serving as an adjective.

PREFACE.

François Couperin (1668–1733) is the first great composer for the pianoforte known in the history of music. The eminent masters who preceded him—Merulo, Frescobaldi and many others—applied their art quite as much to the organ as to the harpsichord; whereas Couperin, though he played both instruments, wrote for the latter only. He stands, therefore, at the commencement of the modern age, and must be regarded as clearing the way for a new art. Among his younger contemporaries and in part his pupils were Scarlatti, Handel and Bach.

Couperin published his four books of pianoforte works at Paris under his own name as publisher. The first appeared in 1713, the second in 1716–1717, the third in 1722, and the fourth in 1730. This edition in large folio was engraved on copper, and formed the most beautiful specimen of printed music of that period. The press was corrected with great care by the author, yet is not entirely free from errors.

Couperin's mode of writing music is very peculiar. It was his constant aim to set down the music with the greatest possible fulness exactly as he played it on his instrument. Even the manifold embellishments are most accurately indicated. All this gives to his music-writing a more technical appearance than that of any other master of the period. For this reason, moreover, the engraving of this music, if accurately done, is excessively difficult. But an edition which did not reproduce the original signs exactly in all detail would be worthless for the knowledge of Couperin's art.

Such a worthless, faulty and likewise very incomplete edition of Couperin's works appeared some time ago at Paris. This it was which mainly induced me, in common with Johannes Brahms, to produce a really complete and faithful edition, which, for the first time since the original edition prepared by Couperin himself, should introduce the old master again in his true form to the musical public of the present age. "Couperin le Grand" can now again be easily understood by every one and estimated at his full value.

To exhibit the various ornaments as clearly as the author himself noted them, new stamps have been cut, corresponding exactly to Couperin's signs. But it is not possible in all cases to take the original edition as a pattern for

the modern one. Couperin writes his music in no less than five clefs:

which are perpetually alternating. At the same time he employs all possible abbreviations and indications of repetition, and gives various modes of executing the same melody, but without addition of the ground-bass, &c.; so that his edition is positively illegible to a modern player. In these points it was necessary to improve the old edition throughout in accordance with the present demands of clearness, completeness and simplicity. Thus the present edition exhibits the composer's intentions far more clearly than the splendid original one did.

The sole slight want of clearness which still remains is in the value of the dotted notes. Couperin never puts two dots; wherever a second dot occurs in the music, it is to be regarded as an addition. But it is sometimes doubtful whether his dot denotes a full double dot, and whether the three following notes are to be treated as triplets; for figures

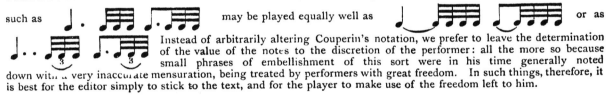

such as ... may be played equally well as ... or as ... Instead of arbitrarily altering Couperin's notation, we prefer to leave the determination of the value of the notes to the discretion of the performer: all the more so because small phrases of embellishment of this sort were in his time generally noted down with a very inaccurate mensuration, being treated by performers with great freedom. In such things, therefore, it is best for the editor simply to stick to the text, and for the player to make use of the freedom left to him.

Couperin's descriptive titles and other observations (often eccentric and quaint) are generally given in his own form of letters, so as to preserve their look of antiquity.

The Third Book, which appeared in the year 1722, contains observations on several of the pieces written by Couperin himself, which are given at their proper places. On pp. 34 and 83, with regard to the execution of the "pièces croisées," he refers to his preface, in which it is stated that such pieces are to be played on two pianos, i.e., on a clavecin with two manuals; otherwise, when the instrument has only one manual, either the bass must be put an octave lower or the treble an octave higher. At the same time he recommends that these pieces be played as duets for two flutes, hautboys, violins, violas and other unitone instruments: a new proof of the many modes of interpretation of his music and the possibility of various kinds of execution.

Departing from the practice of most of the pianoforte composers of his time, Couperin puts his pieces together into larger groups not called "Suites" but "Orders." The four books contain altogether twenty-seven of these Orders with a continuous numeration. These compositions had as considerable an influence on their age as those of Corelli, especially on Couperin's younger contemporaries Handel and Bach.

This influence was further heightened by a Pianoforte School, which Couperin published in 1717 with the title "L'Art de toucher le Clavecin," to which he frequently refers in his pieces of music. It is the first printed work of its kind, and has, like the compositions for the elucidation of which it was written, a permanent value.

Bergedorf near Hamburg,
Nov. 1, 1888.

FR. CHRYSANDER.

VORWORT.

Francis Couperin 1668-1733 ist der erste grosse Klaviercomponist, den die Musikgeschichte kennt. Die berühmten Meister welche ihm vorangingen—Merulo, Frescobaldi und viele andere—wandten ihre Kunst ebenso sehr an die Orgel, als an das Harpsichord; Couperin dagegen schrieb ausschliesslich für das Klavier, obwohl er ebenfalls Organist war. Er steht daher an der Spitze der modernen Zeit und ist als der Bahnbrecher einer neuen Kunst anzusehen. Seine jüngeren Zeitgenossen und zum Theil seine Schüler waren Scarlatti, Händel und Bach.

Couperin gab seine vier Bücher Klavierwerke im eigenen Verlage in Paris heraus. Das erste Buch erschien im Jahre 1713; das zweite 1716-1717; das dritte 1722; das vierte 1730. Diese Ausgabe in gross Folio ist durch Kupferstich hergestellt und bildet das schönste musicalische Druckwerk der damaligen Zeit. Der Druck ist vom Autor mit grosser Sorgfalt corrigirt, obwohl nicht fehlerfrei.

Höchst eigenthümlich ist Couperin's Notenschrift. Es war sein stetes Bestreben, die Musik in möglichster Vollkommenheit so aufzuzeichnen, wie er sie auf seinem Instrumente spielte. Auch die verschiedenen Verzierungen sind von ihm auf's Genaueste angegeben. Durch alles dieses hat seine Notenschrift ein künstlicheres Ansehen bekommen, als die irgend eines anderen Meisters jener Zeit. Deshalb ist der Notenstich bei dieser Musik auch so unendlich schwierig, wenn er genau sein will, und ohne eine bis auf's Kleinste genaue Wiedergabe der Original-Tonzeichen ist die Ausgabe für die Kenntniss der Kunst Couperin's werthlos.

Eine solche werthlose, fehlerhafte und zugleich sehr unvollständige Ausgabe der Werke Couperin's erschien vor einiger Zeit in Paris, was mich auch zunächst veranlasst hat in Gemeinschaft mit Johannes Brahms eine wirklich complete und originalgetreue Ausgabe zu Stande zu bringen, welche also seit der von Couperin veranstalteten Originaledition zum ersten Mal den alten Meister wieder in seiner wahren Gestalt dem musikalischen Publikum der Gegenwart vorführt. „Couperin le Grand" wird nunmehr von Jedermann leicht verstanden und nach seinem vollen Werthe geschätzt werden können.

Um die mannigfaltigen Maniren ebenso deutlich erscheinen zu lassen, wie der Autor sie selber gegeben hat, sind neue Stempel geschnitten, welche Couperin's Zeichen genau entsprechen. Aber nicht in allen Stücken kann der Originaldruck für die moderne Ausgabe ein Vorbild sein. Zur Aufzeichnung seiner Musik gebraucht Couperin nicht

weniger als fünf Schlüssel  die unaufhörlich wechseln. Dabei bedient

er sich aller möglichen Abkürzungen und Repetitions-Hinweisungen, giebt verschiedene Ausführungen derselben Melodie, aber ohne Hinzufügung des Grundbasses u. s. w., so dass sein Druck für den modernen Spieler geradezu unleserlich ist. Hierin musste der Orginaldruck überall nach den jetzigen Anforderungen an Deutlichkeit, Vollständigkeit und Einfachheit verbessert werden. Die gegenwärtige Ausgabe legt daher die Intentionen des Componisten den heutigen Spielern weit deutlicher dar, als der erwähnte prachtvolle Originaldruck.

Die einzige kleine Undeutlichkeit, welche bestehen bleibt, betrifft den Werth der punctirten Noten. Couperin setzt niemals zwei Punkte. Wo in der Musik ein zweiter Punkt steht, ist er als Zusatz anzusehen. Es ist aber mitunter zweifelhaft, ob sein Punkt ein vollgültiger Doppelpunkt sein soll, und ob die drei folgenden Noten als Triolen anzusehen

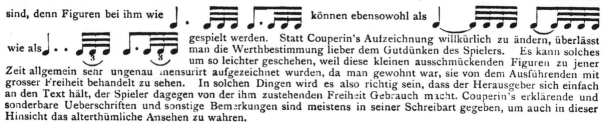

sind, denn Figuren bei ihm wie ┃ können ebensowohl als ┃ wie als ┃ gespielt werden. Statt Couperin's Aufzeichnung willkürlich zu ändern, überlässt man die Werthbestimmung lieber dem Gutdünken des Spielers. Es kann solches um so leichter geschehen, weil diese kleinen ausschmückenden Figuren zu jener Zeit allgemein sehr ungenau mensurirt aufgezeichnet wurden, da man gewohnt war, sie von dem Ausführenden mit grosser Freiheit behandelt zu sehen. In solchen Dingen wird es also richtig sein, dass der Herausgeber sich einfach an den Text hält, der Spieler dagegen von der ihm zustehenden Freiheit Gebrauch macht. Couperin's erklärende und sonderbare Ueberschriften und sonstige Bemerkungen sind meistens in seiner Schreibart gegeben, um auch in dieser Hinsicht das alterthümliche Ansehen zu wahren.

Das dritte Buch, welches im Jahre 1722 erschien, enthält bei mehreren Stücken Bemerkungen von Couperin, die an Ort und Stelle mitgetheilt sind. Seite 34 und 83 weist er hinsichtlich des Vortrages der „pièces croisées" auf sein Vorwort hin, in welchem gesagt wird, dass solche Stücke auf zwei Klavieren, d. h. auf einem Clavecin mit zwei Manualen zu spielen sind, oder, falls das Instrument nur ein Klavier hat. der Bass entweder eine Octave tiefer, oder der Discant eine Octave höher genommen werden muss. Zugleich empfiehlt er diese Stücke als Duette für zwei Flöten, Oboen, Violinen, Violen und sonstige einstimmige Instrumente: ein neuer Beweis von der Mehrdeutigkeit dieser Musik, und der Möglichkeit verschiedenartiger Ausführung derselben.

Abweichend von den meisten damaligen Klaviercomponisten fügt Couperin seine Stücke nicht als „Suiten," sondern als "Ordres" zu grösseren Gruppen zusammen. Die vier Bücher enthalten zusammen sieben und zwanzig solcher Ordres in fortlaufender Zählung. Diese Kompositionen haben auf die damalige Zeit ebenso bedeutend gewirkt, wie die von Corelli, namentlich auch auf die jüngeren Zeitgenossen Händel und Bach.

Erhöht wurde diese Wirkung noch durch eine Klavierschule, die Couperin als "L'Art de toucher le Clavecin" 1717 veröffentlichte und auf welche er in seinen Musikstücken mehrfach hinweist. Dieselbe ist das erste gedruckte Werk dieser Art und gleich den Kompositionen, zu deren Erläuterung sie geschrieben wurde, von bleibender Bedeutung.

Bergedorf bei Hamburg,
Nov. 1. 1888.

Fr. CHRYSANDER.

PRÉFACE.

François Couperin (1668-1733) est, dans l'histoire musicale, le premier grand compositeur ayant écrit spécialement et uniquement pour le clavecin. Les maîtres illustres, qui précédèrent Couperin—Merulo, Frescobaldi et beaucoup d'autres—s'occupaient autant de l'orgue que du harpsicorde ; tandis que Couperin, quoique maître dans les deux instruments, écrivait seulement pour ce dernier. Par conséquent il doit être considéré comme le précurseur de l'art moderne du Piano. Scarlatti, Haendel et Bach sont au nombre de ses élèves.

Couperin édita lui-même ses œuvres de clavecin à Paris en quatre volumes. Le premier volume parut en 1713, le second en 1716-1717, le troisième en 1722 et le quatrième en 1730. Cette édition, en grand in-folio et gravée sur cuivre, fut considérée comme le plus beau specimen de musique imprimée de l'époque. Cependant quoique corrigée avec beaucoup de soin par l'auteur lui-même, elle n'est pas entièrement exempte d'erreurs.

Les manuscrits de Couperin ont ceci de particulier, que pour donner toute l'expression possible à ses idées il marque avec une scrupuleuse précision tous les moindres signes et tous les agréments en vogue à cette époque. De là, une apparence plus compliquée que celle de tout autre compositeur contemporain : aussi une édition nouvelle présentait une grande difficulté, car elle ne pouvait avoir sa valeur complète qu'à la condition de reproduire tous ces minutieux détails.

En effet une édition imparfaite et défectueuse des ouvrages de Couperin fut publiée il y a quelque temps à Paris. Cette circonstance surtout me fit concevoir le projet de rédiger de concert avec Johannes Brahms une édition absolument exacte, identique à l'original, ayant l'avantage de restituer à l'ancien maître sa physionomie primitive, pour la première fois depuis l'édition publiée par lui-même. Grâce à ce travail, "Couperin le grand" peut maintenant être compris et apprecié à sa valeur réelle par notre public musical.

Pour la reproduction exacte des agréments, de nouveaux types ont été confectionnés, correspondant précisément aux signes de Couperin. Malgré cela, l'original ne suffisait pas absolument comme modèle à la nouvelle édition : car

Couperin n'employait pas moins de cinq clés différentes :  variées

à chaque instant. De plus, il s'y trouve toute sorte d'abréviations et de signes de répétition, d'indications de plusieurs manières d'exécuter la même mélodie, mais aucune basse fondamentale etc., ce qui rend l'édition originale peu intelligible aux pianistes modernes. Pour ces diverses causes la nouvelle édition dût donc subir une correction des plus consciencieuses comme netteté, comme perfection et comme simplicité. Au résumé la nouvelle édition mérite, plus même que la magnifique édition originale, d'être considérée comme le reflet le plus exact des idées de l'auteur.

Le seul petit manque de clarté existant encore, concerne la valeur des notes pointées, car Couperin ne met jamais deux points. Toutes les fois, qu'il se trouve un second point dans la musique, il faut le considérer comme une addition postérieure. Mais quelquefois il reste douteux si le point employé par le maître doit dénoter un double point et si par conséquent les trois notes suivantes doivent être jouées comme triolets ou non. Ainsi l'exemple suivant

 peut être interprété parfaitement de deux manières :  ou

 Au lieu de changer la notation de Couperin nous préférons confier la détermination de la valeur des notes à la discrétion du pianiste, nous conformant ainsi à la liberté assez large qui était accordée anciennement aux exécutants pour la manière de dire les petites phrases d'agrément. Il semble donc à l'éditeur qu'il doive plutôt conserver intact le texte de l'original, afin que l'artiste l'interprète d'après ses propres lumières.

Les inscriptions explicatives (souvent assez singulières) ainsi que d'autres observations ajoutées dans l'original ont pour la plupart été copiées d'après les expressions mêmes du maître, pour conserver à l'œuvre son aspect primitif.

Le 3ème volume, publié en 1722 renferme des remarques écrites par Couperin sur plusieures de ces pièces : ces remarques seront également trouvées à leur place. Page 34 et 83 l'auteur renvoie l'exécutant des "pièces croisées," à la préface, expliquant que ces morceaux doivent être joués sur deux claviers, c. à. d. sur un clavecin à deux claviers, ou à defaut, la basse serait jouée une octave plus bas, ou bien la partie aigue une octave plus haut. Le compositeur recommande aussi d'exécuter avec deux Flûtes, Hautbois, Violons, Altos, ou autres instruments à une seule voix, ses pièces en forme de duos ; nouvelle preuve de la multiplicité des modes d'interprétation de cette musique et de la possibilité de l'exécuter de diverses façons.

Couperin ne réunissait pas ses morceaux en forme de "Suites" selon l'usage de la plupart de ses contemporains, mais il les réunissait en collections plus larges, intitulées "Ordres." Ainsi les 4 volumes contiennent en totalité vingtsept " Ordres," numérotés régulièrement. L'influence des compositions de Couperin fut tout aussi puissante que celle de Corelli sur l'art de son époque, surtout sur les esprits des contemporains plus jeunes que le maître français : Haendel et Bach.

Cette influence fut encore augmentée par une Méthode de clavecin, nommée "L'Art de toucher le clavecin," et publiée par Couperin en 1717, dont il parle à plusieurs reprises dans ces pièces. Cette Méthode est le premier ouvrage publié dans ce genre, ouvrage d'une importance restée encore aussi grande que celle des œuvres dont elle renferme des commentaires pleins d'interêt.

Bergedorf près Hambourg,
le 1er Novembre, 1888.

Fr. CHRYSANDER.

Explication des Agrémens, et des Signes.

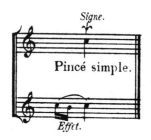

Pincé simple.

Pincé double.

Port de voix simple.

Port de voix coulée.

Port de voix double.

Tremblement appuyé, et lié.

Tremblement ouvert.

Tremblement fermé.

Tremblement lié sans etre appuyé.

Tremblement détaché.

Accent.

Arpègement, en montant.

Effet.

Arpègement, en descendant.

Effet.

Coulés, dont les points marquent
que la seconde note de chaque
tems doit être plus appuyée.

Pincés diésés, et bémolisés.

Effet.   Effet.   Effet.

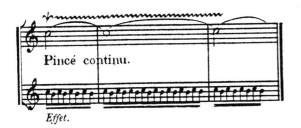

Pincé continu.

Effet.

Tremblement continu.

Effet.

Tierce coulée, en montant.

Effet.

Tierce coulée, en descendant.

Effet.

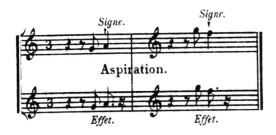

Signe.   Signe.

Aspiration.

Effet.   Effet.

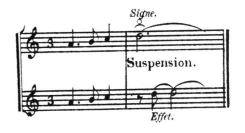

Signe.

Suspension.

Effet.

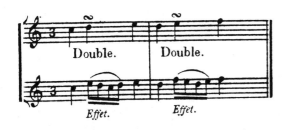

Double.   Double.

Effet.   Effet.

Unisson.

GLOSSARY

The French words appear below in their original spellings.

accens, tones; *accent*, escape tone; *affectüeusement*, affectionately; *agréablement*, pleasantly; *ainsi*, in this manner; *air*, tune, melodic line; *alternativement*, alternately; *animé*, spirited; *appuyé*, stressed; *arpegement*, arpeggio, *arpegemens*, arpeggios; *aspiration*, slight shortening of a note; *audacieusement*, boldly; *augmentés*, speeding up; *avec*, with; *badinage-tendre*, affectionate banter; *basse*, bass; *bémolisés*, flatted; *bequilles*, crutches; *berceuses*, lullabies; *boiteux*, cripples; *bourdon*, drone; *burlesque*, comical; *celle-ci*, this one; *celles*, those; *ces*, these; *cet, cette*, this; *changer*, changing; *chaque*, each; *chevre-pieds*, satyrs; *clavier*, manual; *continu*, continues, continued, held; *contre-partie*, counterpoint, additional line; *cornemuse*, bagpipes; *coulamment*, flowing, smoothly; *coulé*, legato, slur, slide, descending appoggiatura; *couplet*, episode or intermediate section (of a rondeau); *croches*, eighth-notes; *croisé*, crossed, *pièce-croisée*, piece for crossing hands; *cy devant*, formerly; *dans*, in; *delicatement*, delicately; *derniere*, last; *(en) descendant*, descending; *dessus*, upper (line); *détaché*, nonlegato, detached; *devant*, before, opposite; *deux*, two; *diésés*, sharped; *disloqués*, dislocated; *diversifier*, vary; *doigter*, finger; *doit, doivent*, must, should; *double*, variation, turn (gruppetto), double, long; *doubles croches*, sixteenth-notes; *douloureusement*, painfully; *droite*, right; *d'une*, of a, with a; *effet*, actual sound; *égales*, equal; *endroit*, passage; *est*, is; *être*, be; *explication*, explanation; *façon*, manner; *ferme*, steady; *fermé*, closed; *fermer*, end; *fierement*, proudly; *finit*, end, *pour finir*, to end; *flaté*, caress; *fois*, time, *deux fois*, twice, *autre fois*, formerly; *fort*, strongly; *gaillardement*, merrily; *galament*, gallantly; *gauche*, left; *gayement, gaiëment*, gaily; *goût*, manner; *gracieuse, gracieusement*, gracefully; *gradations*, degrees; *grand*, large; *gravement*, solemnly; *grotesquement*, grotesquely; *harpe*, harp; *il*, it; *imperceptibles*, imperceptible; *impérieusement*, imperiously; *Infante*, infanta; *joue, joüe, jouer, joüent*, play; *languissamment*, languidly; *le*, the; *légérement*, lightly; *légéreté*, lightness; *lentement*, slowly; *lenteur*, slowness; *lié, liée, liées*, legato; *louré*, lengthening the first note of each pair; *luthé*, lutelike; *ma*, my; *mailles-lachées*, dropped stitches; *main*, hand; *maitres*, masters; *majestueusement*, majestically; *majeur*, major; *maniere*, manner; *marqué*, marcato, in strict tempo; *marquer*, notate; *même*, same; *mesuré*, measured, in strict tempo; *Méthode*, method—specifically, Couperin's treatise *L'Art de toucher le Clavecin*; *mineur*, minor; *moderée*, moderate; *moderément*, moderately; *(en) montant*, ascending; *mouvement*, tempo; *Muséte*, musette; *naivement*, naively; *ne . . . pas*, not, do not; *noblement*, nobly; *nonchalamment*, nonchalantly; *on*, one, you; *orne*, embellished; *ornemens*, embellishments; *ouvert*, open; *par*, by; *partie*, part, section; *pesamment*, heavily; *petite*, small; *petits-maîtres*, dandies; *peu, un peu*, little, a little; *pièce*, piece, *pièce-croisée*, piece for crossing hands; *pincé*, mordent; *plaintifs*, plaintive; *plaintivement*, plaintively; *plus*, more; *pointé, pointées*, staccato, lengthening the first note of each pair; *Polonois*, Polish; *port de voix*, ascending appoggiatura; *pour*, for; *précautions*, care; *précédent*, preceding; *précision*, precision; *premiere*, first; *que*, than, as; *qu'il faut*, which must be; *quoy que*, although; *(se) raporter avec*, agree with, correspond to; *relevé*, sprightly; *renvoi*, repeat; *répétition*, repetition; *reprend*, return, repeat; *reprise*, repeat; *sans*, without; *semblent*, appear, seem; *separé*, separated; *servant de*, quasi-; *si, sy*, if, *si l'on veut*, if desired; *signe*, symbol; *simple*, simple, short; *sincopes*, syncopes; *suite*, retinue, *de suite*, consecutively, without pause; *suivés*, continue without pause; *sujet*, main theme; *suplément*, addition; *sur*, on, in; *suspension*, slightly delayed attack; *(un) tant-soit-peu*, ever so slightly; *tems*, beat; *tendre, tendrement*, tenderly; *tierce*, third; *toucher*, play; *tournés*, turn, proceed; *toutes*, all, completely; *tremblement*, trill; *tres*, very; *troisieme*, third; *uniment*, evenly, smoothly; *unisson*, unison; *d'usage*, customary; *valeurs*, note values; *veut*, want; *viéle*, hurdy-gurdy; *vif*, lively; *viole*, viol; *viste, vite*, fast; *vitesse*, speed; *vivacité*, liveliness; *vivement*, lively; *voluptueusement*, sensuously; *voyés*, see.

PREMIER ORDRE.

L'Auguste.

Allemande.

Premiere
Courante.

4

Dessus plus orné
sans changer la
Basse.

Seconde Courante.

Petite Reprise.

La Majestueuse.

Sarabande.

Petite Reprise de cette Sarabande, plus ornée que la premiere.

Gavotte.

8

Ornemens
pour diversifier
la Gavotte précédente
sans changer la Basse.

La Milordine.

Gracieusement, et légérement.

Gigue.

Voyés ma Méthode pour la maniere de
doigter cet endroit page 46.

Méthode, même page.

10

Menuet.

Double
du Menuet précédent
avec la même Basse.

Les Sylvains.

Majestueüsement, sans lenteur.

Rondeau.

13

Les Abeilles.

Rondeau.

14

Gaÿement.

La Nanette.

Les Sentiments.

Sarabande.

La Pastorelle.

Naïvement.

PREMIERE PARTIE. Les Blondes.

Tendrement.

Les Nonètes.

SECONDE PARTIE. Les Brunes.

La Bourbonnoise.

Gaÿement.

Gavotte.

18

La Manon.

Vivement.

L'Enchanteresse.

Rondeau.

1er Couplet.

2e Couplet.

3.^e Couplet.

4.^e Couplet.

22

*Les plaisirs
de Saint Germain
en Laye.*

SECONDE PARTIE

SECOND ORDRE.

La Laborieuse.

Sans lenteur; et les doubles croches un tant‿soit‿peu pointées.

Allemande.

Premiere Courante.

Seconde Courante

La Prude.

Sarabande.

L'Antonine.

Majestueüsement, sans lenteur.

Gavotte.

Menuet.

Les Canaries.

Double
des Canaries.

PREMIERE PARTIE.

Passe‗pied.

SECONDE PARTIE.

PREMIERE PARTIE.

Rigaudon

SECONDE PARTIE.

La Charoloise.

Gaÿement.

La Diane.

34

*Fanfare
pour la Suitte
de la Diane.*

Modérément, et marqué.

La Terpsichore.

D'une légéreté tendre.

La Florentine.

38

Modérément.

La Garnier.

PREMIERE PARTIE.
Nonchalamment.

La Babet.

40

SECONDE PARTIE.
Un peu vivement.

Tendrement, sans lenteur.

Les Idées heureuses.

Voyés ma Méthode. page 48.

Affectüeusement.

La Mimi.

Légérement.

La Diligente.

Affectüeusement.

La Flateuse.

La Voluptueuse.

Tendrement, &c.

Rondeau.

ᴵᵉʳ Couplet.

Fin.

[Rondeau da Capo]

2ᵉ Couplet.

[Rond. da Capo.]

3ᵉ Couplet.

[Rond. da Capo.]

Tres légérement.

Les Papillons.

TROISIÊME ORDRE.

La Ténébreuse.

Allemande.

Premiere
Courante.

Seconde Courante

La Lugubre.

Sarabande.

Gavotte.

Menuet.

LA MARCHE. Gaÿement.

Les Pélerines.

LA CARISTADE. Tendrement.

LE REMERCIEMENT. Légérement.

56

Gracieusement.

*Les
Laurentines.*

57

SECONDE PARTIE.

D'une légéreté modérée.

L'Espagnolette.

59

Languissamment.

Les
Regrets.

PREMIERE PARTIE. Gaÿement.

Les Matelotes
Provencales.

SECONDE PARTIE.

La Favorite.

RONDEAU *Gravement sans lenteur.*

Chaconne
a
deux tems.

64

2. 5ᵉ *Couplet.*

Tres vivement, et marqué.

La Lutine.

QUATRIÊME ORDRE.

Pesamment, sans lenteur.

La Marche des Gris-vêtus.

PREMIERE PARTIE. *Enjoüemens Bachiques.*

Les Bacchanales.

69

SECONDE PARTIE. *Tendresses Bachiques.*

70

TROISIÈME ET DERNIERE PARTIE DES BACCHANALES. *Fureurs Bachiques.*

Gracieusement.

La Pateline.

Légérement.

Le Réveille-matin.

CINQUIÊME ORDRE.

La Logivière.

Majestueüsement, sans lenteur.

Allemande.

**Premiere
Courante.**

Voyés ma Methode, page 49.

Seconde
Courante.

La Dangereuse.

La Tendre Fanchon.

Gracieusement.

Rondeau.

1.er Couplet.

2.e Couplet.

84

3ᵉ Couplet.

La Badine.

RONDEAU.

Légérement et flaté.

Rondeau.

1er Couplet.

2ᵉ Couplet.

La Bandoline.

Légérement, sans vitesse.

Rondeau.

La main droite coulée;
Et la gauche marquée.

1er Couplet.

2e Couplet.

88

3ᵉ Couplet.

Gracieusement.

La Flore.

90

L' Angélique.

PREMIERE PARTIE.
D'une légéreté modérée.

Rondeau.

SECONDE PARTIE.

Rondeau.

1er *Couplet.*

2e. *Couplet.*

PREMIERE PARTIE.
Gracieusement.

La Villers.

SECONDE PARTIE.

Un peu plus vivement.

Les Vendangeuses.

Rondeau.

2.e Couplet.

PREMIERE PARTIE.

Gracieusement, sans lenteur.

Les
Agréments.

SECONDE PARTIE.

Les Ondes.

Gracieusement, sans lenteur.

Rondeau.

Voyez ma Méthode, page 50.

1er Couplet.

4.ᵉ *Couplet.*

SIXIÊME ORDRE.

Les Moissonneurs.

3^e Couplet.

Les Langueurs=Tendres.

Le Gazoüillement.

Gracieusement et coulé.

Rondeau.

1er Couplet.

2e Couplet.

3.ᵉ Couplet.

Plaintivement.

La Bersan.

110

Les Baricades Mistérieuses.

Les Bergeries.

114

Méthode, même page.

La Commére.

Vivement.

Le Moucheron.

Légérement.

Méthode, page 66.

120

SEPTIÊME ORDRE.

La Ménetou.

Gracieusement, sans lenteur.

Rondeau.

1er Couplet.

2ᵉ *Couplet.*

3ᵉ *Couplet.*

LES PETITS ÂGES.

La Muse naissante.

PREMIERE PARTIE.

Ces Sincopes doivent être toutes liées.

2e Partie.

124

1er Couplet.

2e Couplet.

126

3ᵉ Couplet.

Rondeau.

Les Délices.

4ᵉ PARTIE.

1ᵉʳ Couplet.

2.e *Couplet.*

3ᵉ Couplet.

La Basque.

PREMIERE PARTIE.

SECONDE PARTIE.

130

PREMIERE PARTIE.
Tres liées sans lenteur.

La Chazé.

SECONDE PARTIE.

Les Amusemens.

Premier Rondeau.
Sans lenteur.

134

2.ᵉ *Couplet.*

2ᵉᵐᵉ Rondeau.

136

2ᵉ Couplet.

Le même que cy devant.

HUITIÊME ORDRE.

La Raphaéle.

L'Ausoniéne.

Légérement, et marqué.

Allemande.

Méthode, page 67.

Premiere
Courante.

Seconde
Courante.

L'Unique.

Sarabande.

Gravement.

146

Gayement.

Rondeau.

1ᵉʳ Couplet.

2e *Couplet.*

Gigue.

Méthode, page 67.

Méthode, page 67.

Passacaille.

Rondeau.

1.er Couplet.

3.ᵉ *Couplet.*

Méthode, page 68.

5.ᵉ Couplet.
Mouvement marqué.

6.ᵉ Couplet.

7ᵉ Couplet.

Méthode, page 68.

8e Couplet.

La Morinéte.

Légérement, et très lié.

NEUVIÊME ORDRE.

Allemande
à deux Clavecins.

La Rafraichissante.

PREMIERE PARTIE.
Nonchalamment.

164

SECONDE PARTIE.

Les Charmes.

PREMIERE PARTIE.
Luthé, et lié. Mesuré, sans lenteur.

Méthode, page 69.

166

SECONDE PARTIE, qu'il faut doigter avec les mêmes précautions que la premiere.

La Princesse de Sens.

Tendrement.

Rondeau.

1.er Couplet.

2.e Couplet.

L'Olimpique.

Impérieusement, et animé.

L'Insinuante.

Tendrement.

La Séduisante.

Tendrement, sans lenteur.

Le Bavolet-flotant.

Tendrement, légérement; et lié.

3^e. Couplet.

175

Le Petit - deüil, ou les trois Veuves.

Gracieusement.

Menuet.

DIXIÊME ORDRE.

La Triomphante.

Rondeau. BRUIT DE GUERRE.

Vivement; et les croches égales.

PREMIERE PARTIE.

1er Couplet

2ᵉ Couplet.

3ᵉ Couplet. COMBAT.

Rondeau. ALLÉGRESSE DES VAINQUERS.

**SECONDE
PARTIE.**

Méthode,

page 69.

1ᵉʳ Couplet.

184

3.^eCouplet.

Méthode, page 70.

Méthode, idem.

186

FANFARE.
Fort gaÿement.

TROISIÉME
PARTIE.

Quoy que les valeurs du dessus ne semblent pas se raporter
avec celles de la basse; il est d'usage de le marquer ainsi.

La Mézangère.

Luthé‑mesuré.

La Gabriéle.

Légérement, et coulé.

La Nointéle.

Gaÿement.

PREMIERE
PARTIE.

Rondeau.

SECONDE PARTIE.

La Fringante.

194

Mineur.

SECONDE
PARTIE.

L'Amazône.

Vivement, et fierement.

Les Bagatelles.

Rondeau.

1er Couplet.

2ᵉ Couplet.

Pour toucher cette piece, il faut repousser un des Claviers du Clavecin, ôter la petite octaue, poser la main droite sur le Clavier d'en 'haut, et poser la gauche sur celúi d'enbas.

On peut jouer cette pieçe à deux Violes; à deux dessus de Violons; et même à deux Flutes, pour vii que le second dessus de Flute prenne les finales en hault.

To play this piece, one must uncouple the manuals of the harpsichord, remove the small octave [take off the 4-foot stop], place the right hand on the upper manual, and place the left hand on the lower.

One may play this piece on two viols, on two violins, and even on two flutes, provided the second flute takes the cadences high.

ONZIÊME ORDRE.

La Castelane.

Coulamment.

L'Étincelante ou la Bontems.

Tres vivement.

Les Graces-Naturéles.

Suite de la Bontems.

Affectueusement sans lenteur.

PREMIERE PARTIE.

SECONDE PARTIE.

203

Méthode, page 70.

La Zénobie.

D'une legéreté gracieuse, et liée.

Méthode, page 70.

Méthode, idem.

Les Fastes
de la grande et ancienne
Mxnxstrxndxsx.

Premier Acte.

Les Notables, et Jurés — Mxnxstrxndxnrs.

Sans lenteur.

Marche.

Second Acte.

Les Viéleux, et les Gueux.

1er Air de Viéle.

Bourdon.

Second Air de Viéle.

208

Troisième Acte.

Les Jongleurs, Sauteurs; et Saltinbanques:
avec les Ours, et les Singes.

Cet Air
se joue
deux fois.

Quatrième Acte.

Les Invalides: ou gens Estropiés au service de la grande
Mxnxstrxndxsx.

Les Disloqués.

Les Boiteux.

Petite Reprise, si l'on veut.

Cinquième Acte.

Désordre, et déroute de toute la troupe: causés par les
Yvrognes, les Singes, et les Ours.

Tres vîte.

DOUZIÊME ORDRE.

Les Juméles.

Mineur.

SECONDE
PARTIE.

L'Intime.

Mouvement de Courante.

La Galante.

La Coribante.

La Vauvré.

Coulamment.

La Fileuse.

Naivement, sans lenteur.

La Boulonoise.

Tendrement, sans lenteur.

Petite Reprise.

Petite Reprise, plus ornée.

L' Atalante.

Tres légérement.

Méthode, page 71.

TREIZIÈME ORDRE.

Modérément et uniment.

Les
Lis naissans.

225

226

Tendrement, sans lenteur.

Les Rozeaux.

1er Couplet.

2eme Couplet.

Agréablement, sans lenteur.

L'engageante.

LES FOLIES FRANCAISES, OU LES DOMINOS.

La Virginité

sous le Domino couleur d'invisible.

Premier Couplet.

La Pudeur

sous le Domino couleur le rose.

2ᵉ Couplet.

L' ardeur

sous le Domino incarnat.

3ᵉ Couplet.

L'Esperance
sous le Domino vert.

Gaiëment.

4ͤ Couplet.

La Fidélité
sous le Domino bleu.

Afectueusement.

5ͤ Couplet.

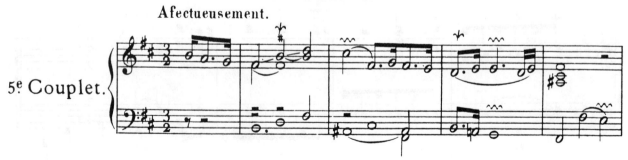

La Persévérance

sous le Domino gris de lin.

Tendrement, sans lenteur.

6ᵉ Couplet.

La Langueur
sous le Domino violet.

7ᵉ Couplet.

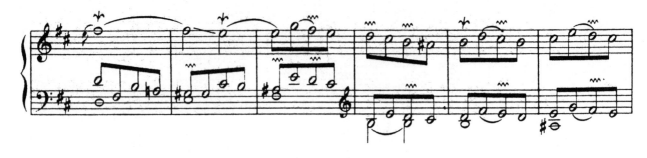

La Coquéterie
sous diférens Dominos.

8ᵉ Couplet.

235

Les Vieux Galans et les trésorieres suranées
sous des Dominos pourpres et feuilles mortes.

9ᵉ Couplet.

Les Coucous bénévoles
sous des Dominos jaunes.

Coucou coucou.

10ᵉ Couplet.

La Jalousie taciturne
sous le Domino gris de maure.

Lentement et mesuré.

11ᵉ Couplet.

La Frénésie, ou le Désespoir

sous le Domino noir.

Tres vite.

12ᵉ Couplet.

L'âme en peine.

Languissament.